五行歌集

まだ知らない青

水源　純
Minamoto Jun

JN035329

そらまめ文庫

まだ知らない青　目次

咲くちから

見つめあう時間は
ながいみじかいよりも
その深度
一瞬で
深海までゆける

咲くちからは
咲くものから
もらう
蕾の下を
歩きながら

散る花は
ほんものよ
あなたと
見る
はなふぶき

疑うことも
信じることもない
そんな言葉すらない
愛しいひとと私の
あいだ

恋うことを
わすれさせないひと
寂しいとき
ふうっと咲く
あなたの香りが好き

舞いながら
何処かで消えるものも
きっとある
陽《ひかり》のなかの
はなびら

耳の奥は
啼く
聴きたい
声が
あって

あのひとは
わたしのこと
きっと
きらい
だって一度も

ああ、好きだなぁって
会うたびに
思ってしまう
あなたもそうだと
いいのだけれど

ひとの
体温でしか
ぬくもれない
ところが
ある

ことばの奥に
在る
まあるいものを
やりとりしているような
私たち

ふれ合うことは
ごく自然
という
ふたりの肌は
たぶん

わたしの手を
おぼえていてね
あなたの手を
おぼえている

手

願わないと
決めたのに
願ってもいいみたいに
あなたが
星を降らせるから

つよさも
もろさも
魚の鰭《ひれ》ほど
およいで
あなたに会いにいく

待つ時間は
凪
もうすぐ
あなたはやってきて
わたしの手を浚ってく

終わらない物語を
くれたのだと思った
それくらい
極上の
一滴

コップのなかに
いるみたい
溶けたこおりと
あなたの
息と

手には
思いがこめられていて
その手の
放つ
色になる

呼ぶたびに
ふり向いて
呼ぶごとに
また
好きになる

影もある
裏側もある
たしかめながら
ぐるり抱く
欠けない月を持っている

仰いだ空を
その胸に
仕舞わせて
わたしが駈ける
空になる

虹の彼方は
とおくて近い
あのひとも
とおくて近い
ここ、と思えるから

心に
かたちはないと
思えば
無という
自由

好きなんて
決して言わなかった男の
溢れんばかりの
好き
をもらう

私よりも私を
知っているように
包《くる》む
私の何も
知らないままで

かたちがまた
かたちを生む
あなたはわたしに
幾つもの
折り目をつける

淡くてきれいなものが
まだ
ここから生まれる
なんて耕し甲斐のある
土壌

風のつくる
道を行く
番いというより
ふたりで
一羽

あなたに
触れれば
生まれるもの
言葉、言葉、それから
ことば

楔《くさび》

哀悼の歌

だれかの死に
遭うたび
心に楔を打つようです
繋がりはもう
ここにしかない　と

小瓶に詰められた
おとうとの骨を
二十歳の女の子が
両手に包んで
持ってゆきました

悪性リンパ腫と
知りながら闘い
知りながら私には隠し
笑っていた
いつも

どうしてか
声が
思い出せない
喪《うしな》う
ということ

きみが息を引き取ったとき
私が死んだかと思ったの
何もかもひっくり返って
しまえば
よかった

薄い水たまりに
映る空
雨上がりにしか
知れない
窪み

ペンケースだったか
めがねケースだったか
小花もように魅せられて
貴女のそればかり
見ていた日があった

届かぬものには
届かなくていいのだ
触れ合わなくても
共に在るような
大樹と空

みきちゃんきれいね
お化粧した顔
はじめて見たわ
十五年ぶりに再会した
幼なじみは棺のなか

こんなにちいさな児が
母親と
お別れをしている
まっ白なおくるみごと
抱かせてもらう

喪服で抱く
嬰児は
あたたかい
こわれそうなのは
わたしたちだ

もっと
寂しかったころ
私はもっと強かった
失っても
かまわないものだらけで

棺のなかの祖父は
もう　祖父ではなかった
あの力強い目で
やさしく
私を見てくれない

音のない祭だ
白い祭だ
祖父が
昇ってゆく空から
雪が降る

どんな花かは
知れないけれど
咲かせようとしている
かなしみからしか
咲かない花

問えば
私のなかに
きみのこたえが
在る
ああ、ここにいるのね

ありがとうじゃ
尽くせないよ
ね、
おばあちゃん
生の豊かさをおしえてくれた

秋陽のなか
きれいに
透明になってゆくよう
祖母の
逝く道

胸に
しるした
一艘の
ゆく
跡

立入禁止の柵

引き抜かれたのだ
立入禁止の柵の向こう
横たわった
樹は
根の匂いを放っていた

其処に居るとは
其処を知ること
海辺の巌の
海を知る
貌《かお》

「わるい人じゃあないのよ」
最後にそう結んで
肯定している
その人でなく
自分を

どんなに寄り添っても
混じり合わないもの
心は
たった一つで
在ろうとする

ずいぶん
遠くに来たつもり
だのに
月の満ち欠けは
昨日のつづき

このひとは
知らないのだ
私がどんなことで絶望するかを
だから何度も
絶望をくれる

出ていくひとの
閉じる
ドアの音
決意の重さで
響く

マトリョーシカを開くたび
私が出てきて笑んでいた
さいごに
一番ちいさい私が言った
貴方じゃないって

美園、千歳、寿
この町をうねる川の
ちいさな橋の名を
よみながら
駅までの道

あんなに嫌だったのが
うそみたい
調停の後の清々しさ
ひとの手を借りるのって
わるくない

ひかりに向かう
思いは
こんな色かも知れない
キッチンの片隅の
豆苗のさみどり

聞いているのは
豆か主か
クラシック曲の大音響が
漏れてくる
豆腐店

騙されたと
分かった日の夜
飛んでるはずのない
虫の大群が
視界を埋めてゆきました

黒カラーの苞《つと》は
寡黙
ねえ、
忘れたい
男の顔があるんだ

憧れは
つよさへ向かう
うつくしさへ向かう
そういう女へ
向かう

あなたにそう呼ばれたのは
いつ以来だろう
その名は
どこかに
置いてきてしまった

エキストラ

ソライロアサガオに
色を
預けて
つかの間
空は自由になった

私が頷かないと
知りながら
誘う
電車はふたりを乗せずに
海へと向かった

「子持ちはなぁ」
私を女じゃなくて
ししゃもみたいに呼ぶ
真っ当な男の
真っ当な言い分

求めたぶんだけの
快楽
わたし
あなたを
スキジャナイ　みたい

小さなつむじ風に
巻き込まれていく
落ち葉のよう
あなたの
「会おうよ」

薄らいだ思いを
あばかれて
フラれた
フラれたフリするなって
叱られた

エキストラみたいに
この町のどこかを
あるいている
彼はもう
風景のいちぶ

少しでも永く

手を繋いで
眠る
きみを
少しでも
永く

誓いは
おのずと
心に置かれていた
まるで
始めからあったように

壊れて
砕けたものたちが
ふたりの足元でもう
輝きはじめている
きれい

一人の男を
心に棲まわせて
あぁ
懲りない
どうぶつ

釘を
刺しては
だめ
そこから
錆びてしまう

一途な
いきものだって
思いたい
あなた以上に
私が

知っても
知っても
わたしの
ほんとうの愚かさに
辿り着かない

トルコ石から
はぐれたような
蝶
すれ違ったひとの
ブローチだったかしら

まだ声にしてない声
ことば以上のことば
届いたよ
行間にしかないから
それはあわい、というんだ

刹那と刹那を
数珠つなぎにして
私たちの作る
いつかのための
首かざり

何を待っているの？
雨を。
あのひとを
待てなかった私は
紫陽花の木を見上げる

楷《かい》の木

こころ
と呟くと
心の声に
耳は
傾く

こう在りたいという
心のかたちが
そのまま
立ち現れたよう
楷の木を仰ぐ

大樹の下で
聴く
雨音
その木の姿が
聴こえる

誤解されても
されたままでもいい
真実が
私のなかで
かがやいていると

穏やかな日の
穏やかに降る葉
そこには
風があるのでしょうか
欅の高みを仰ぐ

そう
壊れたら直すんだった
父は
時計も自転車も
甦らせて帰っていった

蕾からは
はかれぬほど
澄んだ色
あさがおは
はじめての色で咲く

面てに
新緑を映し
底には土色の葉の眠り
静けさの
重奏

なつかしくて
清しい
きみの隣は
なんでしょう
花咲く庭にいるようです

アイマスク

ああ、ここだ
あのとき
思ったはずなのに
また探している
心のありか

私の手を
アイマスクにして
きみは静かに泣いた
掌《てのひら》だけが
知っている

きみの正しさはどうか
誰かを刺すものではなく
ゆるすものでありますよう
ゆるすことで
ふくよかになれますよう

ただいまって言ったら
おかえりって言ってね
それ以上の意味で言うから
それ以上の意味を
知ってね

居場所を
もらった気がする
きみの本棚に
私の本が
置かれていて

雨は
雫より
においから
先に降りてくる
人もまた

褒められたかった癖に
褒められると
くにゃっとなって
みっともない
自尊心ってやつは

ひとの思いは
温かな
液体なんじゃないかしら
胸に届けば
溢れそうになる

好きなひとが
好きなことに
没頭しているじかん
私の湖《うみ》は
満ちていく

見慣れぬ
スパイスが並んでいる
香りも名前も
知ってゆくのがたのしい
彼のキッチン

「一緒にお店やろうよ」
胸はふしぎな高鳴りがして
脳は奇怪な音がした
心中しようって
言われたみたい

私の土

鋭利な鰤鎌は
煮付けて
とろり
薄氷のような骨に
たどりつく

「ダイコン旨っ！」
鰤大根の
大根を誉められると
心の中でガッツポーズも出るし
くす玉も割れる

白菜の漬物が
奇跡的に美味しくできたと
電話口の母
翌朝、宅急便で
「奇跡」が届く

生が生に
含まれてゆく
蠢《うごめ》き
フキノトウは
胸のあたりで食す

緑蔭は
星空のよう
一つ見つければ
二つ三つと灯りだし
満天の青梅

私の小指ほどはあろう
ふくよかな青虫を咥えて
肉食スズメ
私が母スズメなら
褒めてあげたい

生えたての足って
どんな心地だろ
後ろ足で
ぶきっちょに泳ぐ蛙《こ》
そろそろ尾もとれるころ

予報が雨の日は
「傘持った?」って
大家さんちの
奥さんは
おかあさんみたいに

あらあら、あなた
ニンプさんじゃない
話しかけて数日後の夕暮れ
ミャ ミャ…
あ、うまれた

茗荷の
ピクルス液のピンクは
むかし
つくりたかった
色水の色

カリステモン＝うつくしい雄しべ
ラテン語なら呪文のよう
日本語なら詩のよう
その花の
鮮烈な赤を思い返しながら

そういえば
靴底すら
土に触れずに過ごしていた
実家から届く
泥のついた馬鈴薯

まごころ
しか
できない仕事がある
職人のような
母の子育て、孫育て

泥葱むいて
指先はどろんこ
これは郷の土
昔ままごとしていた
私の土

帰ってきたよと
父は言った
森の中の大鉄塔の天辺の
オオタカを
指して

私のなかで
ちゃんと歳を重ねて
三十五のおとうとがいる
ような気もする
十五回忌

広やかな景色を
憶えている
木登りの木の上や
公園の涯ての高台や
詩や

まだ知らない青

男を
そのふるさとごと
愛してしまう
女の胸には
村ひとつ　あるようだ

静けさのなかに
激しくうねるものもある
おおきな仕事をしているのだ
歌編むひとの
よこがお

「やり残したことがないんです」
そのひとの
教職生活丸四十年を
寸分違わず表わすような
力づよい言葉だった

「まだ解らない」
その道を
極めたようなひとが
言うから
魅せられてしまうことば

ＡＩは毎日勝手に
職場までナビしようとする
かわいいのは
ちょっと先の魚屋さんを
私の勤め先と思ってるとこ

かなしいって
言ったもん勝ちみたいだ
かなしいの椅子取りゲームで
あぶれたかなしみよ
ここにおいで

絡まった糸は
ただの一本だと
瞬時に
分からせてくれるような
話術

大海原に向かう
探検家の思い引き寄せたつもりで
仁王立ち
小さな浴室の
シャワーの下で

狂わない
方位磁針を
もらうことかもしれない
真に
愛されるということは

喪服で
沈んだきもちで
行ったのに
やさしくてあったかいもの
貰ってきたよう

この道を
人と歩くのははじめてです
屈託なくつぶやく
君の感受性の成す
世界の音を聴いたよう

くぐっているときが
いいのかもしれない
トンネルの向こうなんて
きっと
いつもの世界だ

闇を闇に見せない
あらわしかたは
天性のものかしら
ほんとうは苦しいのも
ちゃんと分かる

このひとは
迷わない
人生の
絶対音感みたいなもの
持っている

深く潜れば
そこにしか棲めない
生き物がいるという
文章という
海

何度も見あげた空なのに
こんなに青い！　と
心は驚嘆する
とにかく歩こう
まだ知らない青があるはずだ

未来は
画用紙ではなく
大地に描く
この足跡が
どうか絵画になりますように

まあるく熟《な》る

仰げば
満天の桜
宇宙に
放り出されたようで
道をうしなう

漬物石のような
木の瘤
力は
まあるく
熟《な》るものかしら

会いたいひとが
会いたいと
言ってくれて
きらきら
お天気雨のきぶん

泣き腫らしたらしい目で
言いながらもう
潤むから
「ちょっと時間ある？」は
たすけて、って聞こえた

話しながら
泣いちゃうくらい
あなたの真ん中のこと
わたしの真ん中で
聴く

見えないものだから
探してしまう
いいえ
ここにあるのに
探してしまう

おしなべて
子供としてしか
みてくれない大人を
少年はおしなべて
嫌いと言う

すぐころぶ
独楽
きみは
きみの真ん中を
しらないだけ

「今日別れたよ」
そんな予感はあった
恋のおわりの
匂いって
あるのね

別れ際の色んなきもち
ぜんぶ含んで
伊予のひとは
やわらかに言い尽くす
「だんだん」

迷わず足が
向かってしまうところ
わたしの
向かうべき
ところ

ちいさく
傷ついたことなど
早く忘れろ
シアワセが
後ろから抱きしめる

ふたりの時間は
いつまでも
見てたいような
どこまでも広がるような
更紗の紋様

小さな一つだけれど
その到達に
わたしの
いのちが
跳ねている

『まだ知らない青』跋

草壁焰太

生きとし生けるものにとって、歌は毎瞬にある。この頃、私が繰り返し言うことであるが、「まだ知らない青」という言葉は、まさにそれを知る人の言葉だと思う。私たちは、毎瞬、青を見るかもしれないが、それでもまだ知らない青があるのだ。私は、水源純の言葉に、私の文化的なＤＮＡを感ずることが多い。

この二十数年、ずっと隣にいて同じ仕事をしてきた。

月刊誌『五行歌』の仕事は、私と水源君の二人でずっとやってきたようなものである。最近は四百頁の雑誌で、ほかの方も何人かいるが、最初からいるのは私と彼女である。彼女は最初は短大生だったから、きょとんとしているような感じだったが、仕事を通じて成長し、ずっと編集長としてやっている。そういう役職名はないが、全部わかっているので、私は海外に行ったり、最近はリモートだったり、現場にいないでもいいというくらいになっている。

そういう関係であるから、たがいの言葉や思いに感染してしまっていることがある。現に、私はまるで自分の作った歌のように、彼女の歌を見る。ま、これでいいかな、というふうに思う。それは自身の歌を見るときとそう違わない。

何度も見あげた空なのに
こんなに青い！　と
心は驚嘆する
とにかく歩こう
まだ知らない青があるはずだ

この二十数年で、二十歳だった女の人が、大きな子どものいる大人の女の人になっていた。しかも、その人は、私の影響下にあって、成長してきた。もし、彼女が何か間違っているとしたら、それは私の間違いであるといっていいほどである。
しかも、私よりもたくさん歌集を出すようになった。置いていかれるのではないかと思うほどである。

見つめあう時間は
ながいみじかいよりも
その深度
一瞬で
深海までゆける

これが彼女の人づきあいの仕方、人の理解の仕方であろうと思う。瞬間ですべてがわかると言っているのだ。

ことばの奥に
在る
まあるいものを
やりとりしているような
私たち

この「まあるい」、彼女の個性が最もよく出た言葉はこれである。だいたい彼女の歌はひらがなのやわらかさとまるさで成っている。この「まあるい」という言葉は、他の人の歌ではあまり見ない。つまり、これは彼女の個性である。

まあるいものは、彼女の心のありようにきわめて大切なものである。彼女の心のありようそのままである。

だから、私は彼女の心のうちにある「まあるい」を想像すると、自分の娘の心そのものを見るように、泣きそうになってしまう。私は感性をつきつめて表現していくと、個性が芸術化されて独特のものが完成するというが、水源純は「まあるい」「ほんとう」を詩語としたということができる。

しかも、このふたつの言葉は、彼女の幼時の頃から持ってきたことばであろうと思う。だから、これらの言葉は人を泣きそうにしてしまう力を持っている。ちなみに、私は言葉と書くが、彼女はことばとひらがなで書く。文化的ＤＮＡは半分は共通しているが、かなり違うものもあるのである。

あなたに
触れれば
生まれるもの
言葉、言葉、それから
ことば

という歌では、自分のことばはことばで、相手の言葉は言葉であると意識して書いたのでろうか。これは、もしかして、この相手は私か、それなら嬉しいなと思いながら見る歌であるが、たぶん似たような人であろう。

実はこの歌集、恋歌仕立てのものがけっこうあって、それについては評が難しい。恋歌はどうしても、相手を想像してしまうが、大人の女の人では、相手の人を明確に描くことはできないという問題がある。大人の女には、恋歌は難しい。これは一つの定理である。

だから、最初の「咲くちから」「手」などに見る恋歌は、こまかく解説することが難しい。私の想像では、長い期間の多くの経験が背景にあると思う。数人の人がいるのではないか。

しかし、一方で恋とは、どこか共通する理解の切なさを持っているということもできる。

すべては、別の人格が、恋を通していかに分かり合うかを書いている。

手には
思いがこめられていて
その手の
放つ
色になる

願わないと
決めたのに
願ってもいいみたいに
あなたが
星を降らせるから

問えば
私のなかに
きみのこたえが
在る
ああ、ここにいるのね

虹の彼方は
とおくて近い
あのひとも
とおくて近い
ここ、と思えるから

将来、誰か水源純を研究する人がいて、いろいろ推量すると面白かろうと思う。もちろん、水源純も過去の人になるような遠い将来に。こんなことをいうのは、この歌集の半分以上は恋歌だからである。
　この歌集は、「まあるく」で終わる。

漬物石のような
木の瘤
力は

まあるく
熟《な》るものかしら

まあるく熟ったのは、彼女自身であろう。

この歌集は、彼女のうたびととしての歴史の総集編のようなものである。真実、心、思い、人について優れた歌が、たくさんある。彼女は、人生のすべてをあますところなく、とらえ、描いてくれた。私が、深く感じ入る歌を数点、上げておこう。

こころ
と呟くと
心の声に
耳は
傾く

ひとの思いは
温かな
液体なんじゃないかしら
胸に届けば
溢れそうになる

深く潜れば
そこにしか棲めない
生き物がいるという
文章という
海

騙されたと
分かった日の夜
飛んでるはずのない
虫の大群が
視界を埋めてゆきました

まごころ
しか
できない仕事がある
職人のような
母の子育て、孫育て

解説すれば、一首に数ページを要するであろう。

あとがき

四年前のお正月に実家の庭から空を見上げて「まだ知らない青」の歌ができた。これをいつか歌集のタイトルにしようと思った。青は私にとってきっと何かの象徴で、人生のあゆみを進めていくのに必要なものだ。師の歌集に『人を抱く青』があるから、それもおおいに作用している気もしている。

何より、まだ知らないことがあるというのは、私にとって希望である。

コロナ禍といわれるようになって二年が過ぎようとしている。

二年前、全国の学校という学校が閉じられた。息子の通う高校も自宅学習となったが、リモート授業も未構築だったため、ただただ閉じ込められているふうだった。

私は週の半分を家で仕事するようになり、以前にも増して親子の時間が増えた。異様な世界に生きていることをヒシヒシと感じながら、閉ざされて先を見通せない暮らしのなかで、さて、自分自身をどう展開してゆくかね、などと話すこともあった。

このとき私は、歌集を纏めようと決心した。

第二歌集の『ほんとう』からは二十年近く経とうとしていた。その間、子育ての歌を纏めた歌集『しかくいボール』を作ったものの、それ以外の二十年分の歌が、宙に浮いているような気持ちでいたからだ。結婚も離婚も、弟をはじめ大切な人たちとの訣れもあった。もちろん出会いもたくさんあった。

それでも歌集を纏めようと決めると、さあ、もっと歌を書かなくては！という気持ちになるのは、師のおしえである。決心して間もなく、ある程度かたちになっていた歌集は、この二年で二割くらいを差し替えた。


カバー写真は、雨の降る夜に撮ったものらしい。一つの光がもたらす景に、雨や夜を軽やかに超える力のようなものを感じてこれに決めた。

私にとっての一つの光を思いながら。

水源　純

五行歌五則 ［平成二十年九月改定］

一、五行歌は、和歌と古代歌謡に基いて新たに創られた新形式の短詩である。

一、作品は五行からなる。例外として、四行、六行のものも稀に認める。

一、一行は一句を意味する。改行は言葉の区切り、または息の区切りで行う。

一、字数に制約は設けないが、作品に詩歌らしい感じをもたせること。

一、内容などには制約をもうけない。

五行歌とは

五行歌とは、五行で書く歌のことです。万葉集以前の日本人は、自由に歌を書いていました。その古代歌謡にならって、現代の言葉で同じように自由に書いたのが、五行歌です。五行にする理由は、古代でも約半数が五句構成だったためです。

この新形式は、約六十年前に、五行歌の会の主宰、草壁焰太が発想したもので、一九九四年に約三十人で会はスタートしました。五行歌は現代人の各個人の独立した感性、思いを表すのにぴったりの形式であり、誰にも書け、誰にも独自の表現を完成できるものです。

このため、年々会員数は増え、全国に百数十の支部があり、愛好者は五十万人にのぼります。

五行歌の会　https://5gyohka.com/
〒162-0843東京都新宿区市谷田町三―一―九
川辺ビル一階
電話　〇三（三二六七）七六〇七
ファクス　〇三（三二六七）七六九七

水源純（みなもとじゅん）
1975年生まれ。千葉県野田市出身、東京都在住。1995年に五行歌の会入会、草壁焰太に師事。1997年より市井社（五行歌の会事務局）で月刊『五行歌』の編集に携わる。
2000年にAQ歌会を、2005年に横浜歌会を立ち上げる。2005年より千葉県のタウン情報誌『とも』の五行歌欄選者。著書に『この鳩尾へ』『ほんとう』『しかくいボール』（すべて市井社刊・五行歌集）などがある。

そらまめ文庫 み2-1

まだ知らない青

2022年3月2日　初版第1刷発行

著　者　　水源　純
発行人　　三好清明
発行所　　株式会社 市井社
〒162-0843
東京都新宿区市谷田町3-19 川辺ビル1F
電話　03-3267-7601
http://5gyohka.com/shiseisha/

印刷所　　創栄図書印刷 株式会社
カバー写真　水源カエデ
近影写真　　同
本文中写真　著者

ISBN978-4-88208-192-0

そらまめ文庫

い 1-1　白つめ草　石村比抄子五行歌集

い 2-1　風　滴　唯沢遥五行歌集

お 1-1　だいすき　鬼ゆり五行歌集

お 2-1　だらしのないぬくもり　大島健志五行歌集

お 3-1　リプルの歌　太田陽太郎五行歌集

か 1-1　おりおり草　河田日出子五行歌集

く 1-1　恋の五行歌　キュキュン200　草壁焰太　編

く 2-1　コケコッコーの妻　桑本明枝五行歌集

こ 1-1　雅　—Miyabi—　高原《こうげん》郁子《かぐわし》五行歌集

こ 1-2　紬　—Tsumugi—　高原《こうげん》郁子《かぐわし》五行歌集

こ 1-3　奏　—Kanade—　高原《こうげん》郁子《かぐわし》五行歌集

こ 2-1　幼き君へ〜お母さんより　小原さなえ五行歌集

さ 1-1　五行歌って面白い　五行歌入門書　鮫島龍三郎　著

さ 1-2　五行歌って面白いⅡ　五行歌の歌人たち　鮫島龍三郎　著

さ 1-3　喜劇の誕生　鮫島龍三郎五行歌集

な 1-1　詩的空間　—果てなき思いの源泉　中澤京華五行歌集

み 1-1　一ヶ月反抗期　14歳の五行歌集　水源《みなもと》カエデ五行歌集

や 1-1　宇宙人観察日記　山崎　光五行歌集

ゆ 1-1　きっと　ここ　—私の置き場—　ゆうゆう五行歌集

※定価はすべて 880 円（10%税込）です